O que os outros querem

Maria Teresa Miller Simão

contos

À minha análise e
ao meu analista,
Nelson José Nazaré Rocha

Tempo rei, ó, tempo rei, ó, tempo rei
Transformai as velhas formas do viver
Ensinai-me, ó, pai, o que eu ainda não sei

Gilberto Gil

Sumário

Apresentação

por Bruno Zeni

Nesta coleção de textos de Maria Teresa Miller Simão, a linguagem está sempre à procura da melhor forma de traduzir tensões e anseios. A autora reuniu uma série de perfis e retratos em que cabem alguns dos principais dilemas contemporâneos.

Aqui temos de tudo um pouco no que se refere ao humano: amor, curiosidade, compreensão, solidariedade, mas também vaidade, inveja, ira e até algo de cruel, sordidez que muitas vezes se traveste de boas intenções e palavras melodiosas. Maria Teresa Simão não teme o mergulho nas dimensões mais aterrorizantes de seus personagens.

Central para a criação dessas figuras que parecem saídas do nosso dia a dia é uma compreensão abrangente do que se chama desejo. As criaturas desta coletânea estão a todo momento medindo o que sentem de acordo com o que enxergam e projetam nos outros.

Assim, aquilo que os outros querem parece ser mais definidor do eu que uma possível essência do eu. Em outras palavras, o outro é mais verdadeiro do que o próprio eu, um eu que está sempre em questão, sempre a ser decifrado.

Pode parecer edificante, mas nem sempre é fácil e não resulta em finais felizes. Uma dimensão trágica ameaçadora atravessa todas as relações em uma era — a que estamos vivendo — pautada por anseios inalcançáveis de correção, inteligências automatizadas, ensimesmamentos, exibicionismos e individualidades extremas.

Estes breves contos e crônicas indicam que o desejo continua o motor da nossa existência, naquilo que ele tem de mais básico — fome, instinto, raiva, ardor sexual — e também de mais indeterminado, em sua dimensão moral, intelectual e social. É sempre o desejo, em suas dimensões mais amorosas (Eros) ou destrutivas (Thanatos), o que está em jogo.

Esse desejo, tal como descrito aqui, é um desejo que se dirige aos outros, muitas vezes de maneira contraditória e enigmática. Essa compreensão se traduz em textos duros (que apontam para as crueldades, os preconceitos, as incompreensões), mas também singelos (com sentimentos que salvam relações pautadas por respeito, afeições e companheirismo).

Nesse trabalho de investigação da psique, a ciência da alma está vigilante e explora seus cenários e veredas, mas a verdadeira arma em ação é a da literatura, que pode recorrer aos termos mais corriqueiros, beirando a reportagem, ou se revestir de tons alusivos e alegóricos, recorrendo à fábula protagonizada por animais ou ao conto de fadas.

O resultado não é instrutivo nem exemplar, pois vivemos em tempos traiçoeiros, e então o conto não basta. Como a narrativa nem sempre comporta todas as possibilidades de averiguação de sentimentos e reflexões, os textos muitas vezes precisam abandonar a forma prosaica e o tom de crônica para condensar-se em poesia.

Nos textos breves e muitas vezes fulminantes deste livro, a linguagem exige sempre mais. As inquietações narrativas e poéticas pedem soluções eivadas de ritmo, de malícia e de subentendidos, e então estamos em terreno de grande elaboração verbal, de encantamento e enredamento.

Para aproveitarmos as dimensões maravilhosas ou aterrorizantes dessas pequenas e notáveis realizações literárias, é preciso não perder de vista o que os outros querem — ou podem vir a querer. O convite à leitura não poderia ser mais estimulante e desafiador.

Diário do erro

Cometi muitos erros, e sem dúvidas
cometerei muitos outros antes de morrer
Carta a minha filha, **Maya Angelou**

Outros dias

Virei a rua errada
Entrei na casa alheia
Vesti a roupa que não me servia
Comi a comida que não queria
Falei uma língua estrangeira
Beijei a pessoa que não devia
Tentei ser quem não podia
Vivi a vida que não era a minha

Hoje

Virei a esquina certa, entrei na casa que era minha.
Vesti a roupa que me cabia, comi a comida que me apetecia.
Falei a língua que eu sabia, beijei os pais que eu tinha.
Acariciei o corpo que me pertencia.
Me afastei de quem merecia.

A aranha e a mosca

Na sala de espera, a mosca se debate desesperada na teia da aranha faminta. Madalena observa o movimento incessante das asas. Pobrezinha, não tem consciência da cilada em que se meteu. Por que não se desviou a tempo? Por que foi tão burra e não viu que estava caindo numa arapuca?

Num bote único, a aranha abocanha sua presa. Madalena suspira com a mão sobre a barriga. Que mosca idiota. Não viu o perigo ali, bem no seu nariz. A aranha tecendo calmamente os fios de seda para engolfá-la, e ela nem percebeu.

— Dona Madalena, o médico já vai chamá-la — avisa a moça da recepção.

Absorta em seus devaneios, ela não responde e volta a olhar para a aranha, que agora tenta seduzir uma borboleta parada rente à sua teia. Mais uma infeliz...

— O doutor está esperando, seu acompanhante já chegou? — indaga a atendente.

Vendo que Madalena não se move, a moça sentada ao seu lado pergunta se ela está bem, se precisa de ajuda.

Sem tirar os olhos da borboleta, Madalena responde que está bem. Não se iluda, as aranhas não têm coração.

Você vai se entregar de bandeja, igualzinha a todas as outras. Saia já daí, não caia na conversa dessa patife sua besta. São todas iguais, animais predadores, em busca de seus banquetes.

A enfermeira se aproxima:

— Vamos?

A borboleta escapa e sai voando pela sala, Madalena acompanha atônita seu percurso. Eu não tive a mesma sorte.

Ao ser conduzida por um corredor, escuta o som abafado de um tapa e se vira para ver o que é.

— Acertei em cheio! — gaba-se a recepcionista livrando-se da borboletinha com o jornal.

O médico a espera na porta do consultório.

— Preparada? Fica tranquila, você não vai sentir nada, em dez minutos tudo estará terminado. É um procedimento rápido, sem dor. Só precisa descansar alguns dias. Alguém virá buscá-la?

A enfermeira a coloca na maca e lhe aplica o sedativo. O médico se aproxima e lhe deseja bons sonhos.

O reencontro

Naquela terça ensolarada, Suzana e Marcella resolveram pegar um cineminha como há muito tempo não faziam. Chamaram um táxi e durante todo o trajeto ficaram de mãos dadas. Às vezes Suzana puxava Marcella para perto de si, lhe dava um beijo carinhoso, afagava seu rosto. O motorista, olhando de soslaio pelo retrovisor, murmurava baixinho:

— Que desperdício!

Ao saltarem do carro, retocaram o batom, fizeram uma selfie e se dirigiram à bilheteria. Compraram ingressos, pipocas, refrigerantes e entraram na sala com o filme já começado. Ao término da sessão, saíram abraçadas e foram ao parque. O dia estava lindo. Durante a caminhada, elas riam, conversavam de mãos dadas, riam de novo.

Um rapaz que as seguia, sussurrava com o maxilar travado:

— Isso é falta de homem, que pouca vergonha.

Alheias ao que se passava ao redor, foram à lanchonete e tomaram sorvete embaixo de uma árvore frondosa. Fizeram uma selfie com o rosto bem coladinho uma na outra e postaram nas redes sociais. "Um dia mais que especial".

O jovem que as perseguia, espiava escondido atrás de uma árvore:

— Que filhas da puta — xingava, masturbando-se.

De repente, ouviram os palavrões. Suzana, trêmula, agarrou Marcella, tentando protegê-la.

— Essa raça maldita merece morrer, gritava o jovem, fazendo gestos obscenos e expondo a genitália.

Elas começaram a berrar e correram para dentro da lanchonete. Marcella chorava compulsivamente. Os agentes de segurança foram acionados e prenderam o agressor.

Na delegacia, Suzana esclareceu que era mãe de Marcella. A filha morava no exterior com o pai e acabara de chegar de viagem. Elas não se viam há dois anos.

Preso em flagrante por importunação sexual e lesão corporal, o rapaz responderá ao processo em liberdade provisória.

A preterida

Veja só como ela me encara, um olhar forte, sedutor. Me examina dos pés à cabeça, faz com tanta delicadeza, disfarça, olha para um lado e para o outro, mas eu percebo.

Quanta elegância e discrição! Com certeza me acha linda, gostou do meu corpo, sentiu meu perfume. Ela me deseja! Vou sair daqui abraçada com ela.

A mulher agora mostra-se atenta aos outros que estão na sala, parece inspecionar um por um. Alguém a chama, ela se vira e vai em direção a uma jovem muito bonita, com uma tiara florida na cabeça.

Me deu as costas, me ignorou, mas vai voltar, eu sei, a gente combina. Eu também sou fina e elegante, todos comentam.

Elas conversam animadamente, circulam pelo ambiente. A moça entrega uma taça com bebida e a leva para um corredor. Riem. A mulher repete o drinque.

Ela vai voltar, eu sei, estou sentindo, deu química entre nós. A mulher retorna, olha profundamente para ela.

Eu sabia que iria voltar. Seu cheiro inebria, enfeitiça! Senti até um arrepio agora.

A mulher se volta para a jovem da tiara:

— Finalmente consegui me decidir. Essa orquídea é belíssima, tem uma longa haste, exala um aroma doce, muito agradável, vários botões ainda para florescer, mas hoje eu vou ficar com esta cesta de café mesmo. O espumante que vai nela é muito bom, eu até quis outra dose. Vocês entregam? É surpresa. Aqui está o endereço. Ah, vou levar aquela flor ali no canto também.

Vai embora carregando um vaso de lírios nos braços.

A queda

É só um pulo, um pulo só, e tudo estará terminado.

Na sala, quando é minha vez de falar, estão todos com seus celulares, veem vídeos, cochicham com o colega do lado. É sempre assim, quando é a minha vez, ninguém se interessa, a professora chama minha atenção, diz que sou distraído, não vou aprender.

Sempre foi assim, meu padrasto não me quer por perto, prefere a minha irmã de nove anos, diz que é bonita, olha o corpo dela; ela rebola para ele. Me disse que me mataria se eu contasse para minha mãe; além disso, ninguém acreditaria em mim, um pobre crioulo desgraçado, ele grita.

Leio o texto, alguém ri lá no fundo, o celular passa de mão em mão, a professora nem me escuta, continuam rindo, ela vai até eles, a garota mostra a foto, ela olha para mim e desata a rir, nem disfarça.

Sinal, hora do jogo de futebol, eles saem em bandos, não sou chamado, não sirvo para nada, só faço gol contra. Fico quieto na carteira, a colega atrás de mim me cutuca, sorrio. Ela aponta meus pés, me dá um tapa na cabeça, sai da sala.

É só um pulo, não vou sentir nada, é rápido, ninguém vai sentir minha falta, ninguém vai chorar por mim, vai ser um alívio para minha mãe.

— Zeeeca! O que você está fazendo aí, meu filho, desce já — ele escuta a voz ofegante da mãe subindo a ladeira. — Tua irmã viu você vindo para cá, disse que estava estranho.

Ele se vira, desce do parapeito da laje construído para proteger as crianças do bairro de queda acidental.

— Já pra casa, vamos, você precisa me ajudar, teu padrasto está bêbado, caído na porta do bar, vamos, anda menino, vem comigo. E me dá logo um abraço apertado, anda. O que deu em você menino?

As cartas

— O que eles vão dizer? — pergunta Maria à amiga ao tirar o celular da bolsa. Chamando o garçom, Clara responde:

— Que você é egoísta, só pensa em você.

— E se eu aceitar a proposta e não der certo?

— Por que você não consulta as cartas primeiro? Elas nunca erram.

O garçom chega, Maria escolhe a primeira opção sem ter olhado as demais.

— Que bobagem, não acredito nestas coisas. O que vale são nossas ações, nossas atitudes, reflexões, isso sim.

Clara analisa o menu, pergunta sobre todos os acompanhamentos. Ao final, pede apenas um suco; está sem fome. Com um ar sério, afirma:

— Pois eu acredito piamente. Nunca tomo uma decisão importante sem antes jogar o tarô. Sempre deu certo comigo — chacoalha as pulseiras coloridas do braço direito.

Um conhecido passa por elas, acena. Elas acenam de volta sem muito entusiasmo. Ele vai embora.

— Estou bem propensa a acatar o convite, mudar de ares, vida nova!

— Bom, mas você sabe que depois de um tempo, os problemas aparecem de novo, todos eles, iguaizinhos, só mudam o lugar e o nome das pessoas. Sabe disso, não é?

— Pessimista você... — arqueia os ombros e a cabeça.

— Eu? Consulte as cartas. Não irá se arrepender, garanto! Eu só confio no esotérico.

—Tolice! Somos senhoras do nosso destino, donas das nossas vidas. Isso é pura enganação. Se fosse sério, elas já teriam acertado a loteria.

Clara contempla seu braço esquerdo, percorre a mão sobre a pele e, com um sorriso, diz: —Vou fazer uma tatuagem nova. Dessa vez vai ser maior, uma pomba, símbolo do Espírito Santo, da paz.

Maria olha para o braço da amiga, repara as outras cinco marcas gravadas com sinais budistas, frases espiritualizadas, yin e yang. Tira o celular da bolsa e vaticina:

— Acho que o Eduardo nunca mais iria falar comigo.

Tomando o suco até o final, Clara concorda.

— O Eduardo? Claro que não, que dúvida. Ele se ofende com tanta facilidade. Lembra da última vez? Ficou quase dois meses sem responder suas mensagens, evitava os lugares que você frequentava. Parou até de conversar comigo. Sujeito estranho...

— É verdade. Mas o que importa realmente é o que eu penso, o que eu quero. A vida é minha.

— Então você já está decidida.

— Hum... pensando ainda. Você acha que meu pai iria ficar muito chateado?

— Ah, seu pai, não sei não. Ele é o primeiro a te defender, protege você de qualquer coisa, inclusive de todas as suas besteiras. Ele sempre acha uma justificativa, sempre tem um argumento.

— Isso é verdade!

— Acho que ele sente culpa.

— Culpa?? Culpa do quê?

— Da separação da sua mãe, claro.

— Ah sei lá... virou psicóloga agora? Esotérica e psicóloga, grande amiga eu tenho.

Maria começa a se mexer, tamborila os dedos na mesa, olha para os lados, para o relógio, para o celular. Por fim, pede a conta.

— Preciso ir agora. Nos falamos depois, ok?

— Tudo bem. Mas e aí, você já se decidiu?

Nesse momento o garçom chega, vê a refeição praticamente intocada e questiona Maria. Ela diz que estava sem apetite. As duas pagam o almoço e Maria responde à amiga:

— Já sim. Só não vou falar agora, mais tarde eu conto.

— Ah... você sempre foi assim. Gosta de fazer um suspense, um mistério. E depois eu é que sou esotérica.

As duas se despedem. Maria, com passos rápidos, desvia das pessoas à sua volta. Ao virar a rua, entra no primeiro café que encontra, encosta no balcão, suspira. Tira o celular da bolsa, guarda-o, pega-o novamente, suspira e, por fim, manda uma mensagem:

— Fabi, é urgente, me passa o telefone daquela cartomante que você costuma ir. Não é para mim não, é para uma amiga minha, ela precisa muito.

Beijo na testa

"Judas", leu no letreiro ao sair do metrô. Judas sou eu, pensou. Sentiu o coração bater mais forte e apressou os passos. Releu a placa: São Judas Tadeu, a melhor faculdade. Caía uma chuva fina. Acendeu um cigarro e, sem esperar o sinal abrir, atravessou a rua desviando do trânsito. Afrouxou o colarinho. Jesus é aquele que eu beijar.

O amor já tinha acabado, mas Luiza queria ter o filho mesmo assim. Tentei convencê-la de que não era o momento. Insistiu, relutou muito, a coitada, mas não tinha outro jeito.

— Um aborto? Você quer que eu faça um aborto, é isso? Quer ficar livre de mim para sempre?

— Foi um imprevisto, Luiza. A gravidez não era para acontecer, era para ser somente uma despedida, você sabia disso.

Na calçada, leva um esbarrão no ombro, o maço de cigarros cai no chão. Judas era o mais instruído, tornou-se tesoureiro e designado para cuidar do dinheiro do grupo.

— Você quer construir uma vida nova, não é? E a nossa história, o que você faz com ela? Corre para os braços da Roberta, a mulher mais rica da cidade, e diz que nosso amor acabou?

O pai de Roberta me despreza, acha que me casei por dinheiro. Roberta me despreza, fiz todas as concessões que queria: jogar golfe com os amigos no final de semana, jantares, reuniões, viagens, e nem assim.

No início ela demonstrava interesse pelo meu trabalho, depois foi se distanciando, deixando cada vez mais claro que eu não estava a sua altura.

Mas eu ajudei a empresa de que eles tanto se orgulham a crescer, não ajudei? Não fossem meus conhecimentos, continuariam sendo aquela fabriqueta ou teriam falido há muito tempo.

— Luiza é uma boa moça — minha mãe vivia repetindo enquanto limpava a casa e molhava as avencas penduradas no quintal. — Será uma boa esposa, uma boa mãe. A família da Roberta não é para você, meu filho, você nunca será um deles.

A chuva começou a cair forte, ele entrou num bar para esperar o tempo melhorar, tirou o paletó. Minha mãe não foi ao meu casamento, preferiu ficar em casa cuidando das plantas. Chamava-as pelos nomes, acariciava as folhas, examinava o caule, a raiz. As alpínias tinham um lugar só para elas, assim como as astromélias, samambaias, azaleias, begônias e tantas outras. Eu me perdia naquela floresta. Ela naquele casarão sozinha, e eu precisando de dinheiro. Queria pagar o empréstimo que fizera com meu sogro.

Depois do aborto, Luiza poderia ter se casado, construído uma família, é bonita. Mas não, ficou obcecada com meu casamento, com o Pedrinho. Passou a frequentar os mesmos lugares, os mesmos restaurantes e me fitava com olhos incriminadores. Por que não seguiu sua vida?

— Isso não pode mais continuar assim, faça alguma coisa! Você tem que tomar uma providência, senão eu mesma tomarei, estou avisando. — Roberta me deu um ultimato ao saber que Luiza rondava a escola do garoto.

Contratei um advogado. Ao receber a intimação da medida restritiva que a impedia de se aproximar de Pedrinho, Luiza veio furiosa me procurar.

— A ordem judicial foi ideia dela, eu juro, eu avisei. Você foi longe demais.

Olha o relógio pendurado na parede da lanchonete, pede um café.

— Asilo? Você quer me colocar num asilo? Acha que estou gagá? — minha mãe não gostou da proposta.

— A casa ficou grande demais para a senhora. Lá terá sempre uma companhia, bailes. E não é asilo, é uma casa de repouso. Eu cuidarei de tudo, não deixarei ninguém mexer no seu canteiro.

— É um asilo e ponto final! E a casa não está grande demais, tenho minhas plantas, minha vida, está tudo aqui. Aquela família não é para você, nunca foi. Não importa todo o dinheiro que você tenha, eles irão continuar te desprezando. Você não é um deles, nunca será.

Trancou-se no banheiro e começou a chorar alto. Eu fui embora. Na semana seguinte, mostrei as fotos do local, passamos na frente de carro.

— Veja como é arborizado, mamãe, olha as pessoas fazendo atividades físicas, são cuidadas o tempo todo. A senhora não pode mais ficar sozinha naquela casa, é muito perigoso. Aqui terá amigas, ficarei mais tranquilo. Já arrumei tudo e virei visitá-la todos os dias, prometo.

Na despedida da casa, ela pegou um vaso de flor, "essa eu não posso deixar aqui", e outro e mais outro.

— Lá tem muitas plantas para a senhora cuidar, mamãe, deixe essas aqui.

Tirei os vasos de sua mão, acariciei seus cabelos grisalhos, dei um beijo em sua testa e saímos.

Com a venda do imóvel, paguei a dívida com o pai de Roberta. Ele vivia me dando indiretas, conversando baixinho pelos cantos da casa.

— Mais um? — perguntou o jovem atrás do balcão.

O celular começou a apitar, as mensagens do escritório não paravam.

— Não. A conta, por favor.

Comprei minha parte da empresa, não era isso que eu queria? Aquela casa não era o lugar ideal para uma velha com mania de plantas. Do que estou reclamando? Consultou o relógio e pegou um táxi na rua. Entregou um cartão com um endereço ao motorista.

— Corra, por favor, estou atrasado para uma reunião.

O motorista estaciona o carro, ele desce afobado. Quando dá por si, vê que está no endereço errado. Aperta a campainha, uma senhora abre a portão.

— O senhor por aqui? Não estava viajando? O aniversário de oitenta anos de sua mãe foi no mês passado. Ela disse que o senhor não ia esquecer. Entre, aguarde um pouco que eu vou acordá-la. O senhor está tão pálido. Trabalhando muito, não é? Sua mãe sempre fala que o senhor trabalha muito, tem um negócio próprio, é um empresário de sucesso, por isso não vem muito aqui, ela vive dizendo.

Diário

O gato que não pode alcançar a carne diz 'isso fede'!
Ditado persa

Segunda
Acordei cheirando jasmim, uma flor vermelha roçava minha pele. Uma frase pincelada em tons de rosa, numa letra delicada, grande, aberta, massageava meu corpo: "Ele é o mais lindo da classe, somos feitos um para o outro!!!". Um travesseiro gorducho me embalava.

Terça
Despertei embaixo de uma almofada perfumada e florida. "Hoje vou na festa, ele vai me chamar para dançar! ". Letras avermelhadas, grandes, abertas, um sol colado ao lado.

À noite um amontoado de roupas em cima de mim, vestidos, saias, blusas, uma escuridão. De repente, uma pancada. Um sapato caiu em minha cabeça, depois outro e mais outro, eu não conseguia respirar...

Quarta
Vazio, escuro... uma fresta de luz cegou meus olhos, a porta do armário se abriu. Eu estava molhado, transpirando. Uma extensão de letras pontudas pinicava meu corpo todo enrugado: "Ele nem prestou atenção em mim, que malvado".

Quinta

Amanheci com o corpo doendo, a cabeça latejava. Rabiscos cortavam a minha pele. Letras escuras tombadas para a esquerda, espremidas gritavam: "OLHA PARA MIM!". Flores murchas tingidas ao redor.

Sexta

Acordei no canto da sala, o corpo amassado, a pele ardia. Num susto fui arremessado para a cama, o travesseiro bem longe de mim. Tudo estava imóvel, estático, nem o ar se movia. Esperei o cuco na sala anunciar as dozes badaladas. Com meus membros tremendo, espichei a cabeça. Um quebra-cabeças de borrões roxeados cravados nas minhas pernas me desafiavam:

sujo
sapo sujo
muito sujo
eu não queria mesmo

É a minha natureza

Eros era um sapo gorducho que morava no brejo da margem esquerda do rio. Numa tarde de outono, ele se preparava para atravessar o rio quando escutou alguém chamar.

— Ei, posso falar com você?

Ao se virar, topou com um escorpião de cauda amarela quase rente ao seu corpo. A pele rugosa de Eros exalou um cheiro de ovo podre, suas narinas intumesceram. Num impulso, ele deu um salto e parou a alguns metros de distância do aracnídeo.

— Olá, querido sapo, meu nome é Thanatos. Não vou lhe fazer mal algum, não se assuste.

Thanatos? O símbolo da destruição, da morte? Eros afastou-se mais ainda.

— O que você quer de mim?

— Eu não sei nadar e preciso chegar na outra margem. Você poderia me dar uma carona? Não sou pesado, sou até bem magrinho, veja.

— Levar um escorpião nas costas? E ainda mais com esse nome? Não sou nem louco. Assim que puder, irá me ferroar e eu morrerei — um suor gosmento escorria de sua pele seca e verrugosa. — Não levo não.

— Se eu picar você, eu morro junto. Você é gentil e inocente, não acredite em tudo o que dizem por aí. Nem todos os escorpiões são iguais. Eu não tenho índole ferina, nunca ataquei ninguém. Juro que não vou te machucar.

Eros lançou a língua longa e pegajosa ao ar e fisgou uma mosca que passava por ali.

— Por acaso todos os sapos são honestos, exemplos de virtude? Não há nenhum invejoso, manipulador e maldoso entre os de sua espécie? Tenho certeza que sim.

Nisso ele tinha razão...

— Nós, os escorpiões amarelos, temos a injusta fama de sermos os mais mortais do mundo, mas isso não é verdade. Vivem nos atirando pedras, dando pauladas. Repara só nas minhas marcas. Os bons pagam pelos pecadores.

Os olhos bulbosos e salientes do anfíbio não se detiveram nas cicatrizes. Hipnotizados, fixaram-se no comprido apêndice amarelo com um ferrão na ponta.

Será que estou sendo preconceituoso? Um animal pequeno assim poderia me causar tanto mal?

— Estimado camarada, minha estirpe não é agressiva, meu veneno nem é tóxico. Eu não sou seu inimigo, eu quero o seu bem.

Ele parece sincero. Talvez meu temor não tenha fundamento. Se eu o transportar, o que poderá dar errado? Se me picar, morre afogado junto comigo.

Eros chegou mais perto do animal peçonhento.

— Você está certo, não se deve estigmatizar uma espécie pelos desvios de alguns, nem pelo seu nome. Vou te levar.

— Eu sabia que poderia contar com você, uma alma tão

boa, tão nobre! Já estou pronto, irmão, podemos ir? Hoje eu tirei a sorte grande, tive a honra de conhecer um sapo amigo! Vamos!?

O escorpião alongou o pescoço, locomoveu as patas. A cauda amarela moveu-se suavemente de um lado para o outro.

Um calafrio percorreu o corpo de Eros, suas pupilas se dilataram. Um odor de urina impregnou o ar. O anfíbio saltou para trás. As membranas que revestiam a sua pele se comprimiam e expandiam de forma incessante.

Algo me diz que, assim que puder, ele vai enterrar o ferrão nas minhas costas. Posso até ser acusado de egoísta, insensível, imaturo. Como pude ser tão ingênuo? Nem sei por que ainda estou conversando com ele. Já devia ter lhe dado as costas há muito tempo.

— Desisti da travessia. Ainda tenho coisas para terminar por aqui. Adeus! — disse o sapo sem esperar resposta.

Eros saiu em disparada e escondeu-se embaixo de um túnel, dentro de uma poça d'água. Transpirava. Regressou ao entardecer. Seus olhos avermelhados perscrutaram cada canto do rio. Nenhum sinal, nenhum vestígio de Thanatos, o terreno estava livre. Espichou a língua e capturou uma mosca, depois outra.

Antes de iniciar o trajeto da volta, reparou que uma inofensiva rã nadava calmamente, quase alcançando a outra margem, carregava algo nas costas. Firmou a vista tentando identificar o que poderia ser. Foi quando uma cauda amarela emergiu no horizonte. O rabo oscilava de um lado para o outro de forma incessante. O movimento foi se tornando intenso, frenético.

Um odor de enxofre emanou de Eros, sua boca inchou. Catatônico, percebeu que a indefesa rã já não flutuava mais. Correntes circulares se formaram nas águas calmas e cristalinas. Os dois náufragos rodopiavam e começavam a afundar. Um som vindo do fundo do rio, ecoava por toda a mata:

— Porque eu sou um escorpião. Essa é a minha natureza.

Eu sou o que os outros querem

No começo, você sabe, tudo é alegria, entretenimento.

O pai carinhoso, o marido amoroso, o filho sorridente. O irmão protetor, o amigo espertalhão, o avô indecente.

É, eu era engraçado. Eu era engraçado mesmo.

O irmão pecador, o amigo galanteador, o avô imprudente. O pai gozador, o marido assediador, o filho impertinente.

É, eu era incoerente. Eu era incoerente mesmo.

O marido encantador, o irmão agressor, o filho doente. O avô castrador, o amigo jogador, o pai impotente.

É, eu era inconsequente. Eu era inconsequente mesmo.

Sou forjado, falso, mentiroso. Sou feliz, alegre, espalhafatoso. Sou apenas um impostor. É, um impostor. É isso mesmo o que eu sou.

Sou cantor, pintor, compositor. Sou múltiplo, sou vários, sou ninguém. Sou apenas um fingidor. É, um fingidor. É isso mesmo o que eu sou.

Amarrotado, amordaçado, imobilizado, um ente intangível sem alma sequer. É, é isso mesmo o que sou. Um corpo vazio num trapo qualquer.

Não, não é frustação. Essa é a minha condição, eu já me acostumei.

Não, não é insubmissão. Essa é a minha missão, eu já me resignei.

Manipulado, calado, secreto, sou dobrado, engomado, coberto. É, é isso o que sou, um corpo vazio num trapo qualquer. Dobrado, guardado, coberto, à espera do espetáculo que vier.

Vejam, vejam bem o que eu sou. Eu sou o que vocês querem.

Jorge

É noite, ela chega, vem em minha direção, me insulta como de costume, diz que sou um fraco, um inútil. Não aceita Jorge, diz que a culpa é minha. É assim desde que ele nasceu, ficou fria, distante, sempre me enxovalhando na frente dos amigos, da família, de estranhos, saiu com meu chefe, virei motivo de chacota dos colegas.

Ela despreza o garoto, deixa-o aos cuidados da mãe dela, não quer vê-lo, diz sentir vergonha. O rapaz é sensível, não entende esse comportamento, sofre. Quando a vê, vem correndo abraçá-la, braços abertos, sorriso no rosto. Ela o ignora, xinga, bate na cabeça, diz que é um estorvo, um idiota como o pai.

Não suporto mais tanta humilhação, não mereço isso. Nosso filho é esperto. Com estímulo ele aprende rápido, mas ela não se importa, não acredita. Diz que sempre será um débil mental, babão, torto, que atrapalhou a vida dela, a felicidade dela, estragou o corpo dela.

Vou embora, quero estar longe disso tudo, chega de tanto vexame. É hoje, eu sei, dessa vez eu consigo, estou decidido, isso não pode mais continuar. Jorge vai sentir minha falta, eu sei, mas com o tempo irá se acostumar, a avó o trata bem, vai ficar bem melhor assim, tenho certeza.

Ela pergunta se sou mudo, um fantasma, um palhaço. Aponto a arma em sua cabeça, ela ri, diz que não sei nem fazer filho, quanto mais puxar um gatilho. Um frouxo como eu, gargalha. Olho ao lado, a rua está deserta, o momento é agora.

Ela continua a dizer ofensas. Um covarde, frouxo, a voz estridente, gargalha, gargalha alto. Atiro uma, duas vezes. Agora não gargalha mais, o silêncio invade o local.

Jorge, meu filho, me perdoa, me perdoa, tua mãe nunca mais irá te magoar, nunca mais, fiz isso pelo teu bem. Saio em disparada.

Comida predileta

Você não liga mais pra mim, olha só como fica quando está com ela. Você nunca me abraçou assim, sempre tinha coisas mais importantes pra fazer: o trabalho, a academia, o happy hour com os colegas. Dizia que eu ia ser recompensada com a promoção, ia ganhar presentes, viajar, poder comer lasanha. Eu vivia pedindo, você não tinha tempo. Mas um dia, com a promoção, eu seria recompensada, você me dizia. Nunca fui. Você estava sempre com pressa, a turma do trabalho. Eu vejo como você fica quando está com ela. Não é ciúmes, não é ciúmes, já falei. Não quero presentes, só quero que você me olhe assim uma vez na vida. Ela é tão feia, sem graça, esquisita, nem sabe falar direito. Eu quero que ela morra.

Um choro no quarto, uma mulher entra correndo, pega o bebê no colo e afaga a cabecinha.

— Que menina mais faminta! Já vai, já vai, a mamãe já vai te dar de mamar.

Uma garotinha morena, cabelo caindo nos olhos, aparece no vão da porta. Fica parada espiando, puxando uma boneca pela mão.

— Duda, corre aqui ver sua irmã, ela acordou. Não é a coisa mais linda? Anda, larga essa chupeta, você já tem seis anos, vem cá ver sua irmãzinha. Mas que cara feia é essa? Tá com ciúmes de novo? Quando você tinha essa idade, a mamãe fazia igualzinho com você. Vem cá ver sua irmãzinha, corre, tira essa chupeta da boca. Olha a mãozinha dela, não é linda? E adivinha só o que vai ter para o jantar? Lasanha! Dudaaa, fez xixi na calça de novo? Olha esse cabelo todo bagunçado... Já vou arrumar suas tranças, mas olha, vem ver como ela é linda.

Lígia

Oh! Cuidado com o ciúme, meu senhor! Ele é um monstro de olhos verdes, que produz o alimento do qual se nutre!
***Otelo*, Shakespeare**

Éramos jovens e apaixonados, namorávamos desde a adolescência, eu havia sido seu primeiro e único relacionamento, depois vieram o noivado e o casamento, todos diziam como eu era sortudo, que Lígia era linda, família boa. Vivíamos um para o outro.

Ela cuidava da casa, fazia as compras, eu tratava das finanças, resolvia os problemas, éramos felizes assim. Mas então Lígia resolveu trabalhar, ajudar no orçamento para a compra do nosso imóvel, um projeto grande, filhos, cachorro. Não era necessário, eu dizia, mas ela insistiu. Com sua renda poderíamos concretizar nosso sonho mais cedo. Eu permiti e foi assim que tudo começou.

No início, ela pedia minha opinião para tudo, se a roupa estava adequada, se estava bonita, o cabelo arrumado. Eu adorava ajudá-la, ela sempre acatava meus conselhos. Em casa, eu perguntava sobre o seu dia, com quem tinha almoçado, o que falaram, eu tinha muita experiência e poderia ajudá-la.

No final do dia, eu a buscava, levava sempre uma flor, uma caixa de bombons, um perfume, saíamos de braços dados, ela exibia o marido atencioso e protetor.

Então Lígia aprendeu a dirigir e não queria mais a minha companhia.

— Preocupa-me vê-la andando sozinha por aí, você não tem experiência, pode causar um acidente.

O trabalho tornou-se uma fonte de prazer, eu observava seu humor. Ela cantarolava, falava das amigas, dos colegas, admirava muito o chefe, era um homem inteligente e refinado, sabia viver.

Passei a ligar no horário de expediente, indagava se precisava de ajuda, ela sempre foi frágil e com minha orientação se sentiria mais confiante. Mas agora Lígia solucionava os problemas sozinha. Tenho capacidade, dizia.

— Se precisar, eu te aviso.

Uma vez chegou do escritório e foi direto para o quarto, trancou a porta e se calou. Com muito jeito, descobri que uma colega havia feito um comentário maldoso logo após o chefe tê-la elogiado na frente de todos.

Eu a confortei, incentivei-a a deixar o emprego, ela não precisava daquele dinheiro, nada lhe faltava em casa, eu cuidaria de tudo. Dormi satisfeito. No dia seguinte, ela se arrumou e foi trabalhar.

Mudou o corte de cabelo, agora usava-os soltos, caídos nos ombros, não se importou com minha opinião. Relevei, minhas colegas eram bonitas, eu tinha um cargo bom. Na certa, queria me fazer ciúmes, chamar minha atenção.

Aos poucos não saía mais com nossos amigos, alegava cansaço.

— As conversas deles são tão enfadonhas, sempre as mesmas.

Eram pessoas boas, interessavam-se por nós, tentei fazê-la entender, mas ela foi se distanciando, não teve jeito.

— São muito chatos.

Passou a sair com as amigas. Eu indagava aonde iam, afinal poderiam levar seus namorados, colegas. Eu me preocupava, Lígia deixava-se influenciar com facilidade e eu não estaria por perto.

— Você não liga mais para mim, não gosta mais da minha companhia, não me ama mais como antes, eu faço tudo por você.

Estava sempre com a prima, uma mulherzinha insuportável que se metia na vida dos outros. Nunca apoiou nosso casamento, eu não era o marido ideal, ela dizia.

— Sua prima não é boa companhia, não sabe se comportar, é uma péssima influência, acho até que usa drogas.

Lígia parecia ignorar minhas opiniões, seguia se divertindo. Certo dia apareceu com uma garrafa de vinho que ganhara do chefe. Ele trouxe de uma viagem para presentear os funcionários e ela foi sorteada. Achei a história estranha, mas não disse nada.

Naquela mesma noite, abriu a bebida para provarmos. Larguei a taça em cima da mesa e tomei minha cerveja, achei que iria se aborrecer mas, quando vi, havia tomado a minha parte também. Foi dormir sem me dizer boa-noite.

Passou a se interessar por vinhos, logo ela que não gostava de beber. Nos almoços de família sempre tomou suco ou refrigerante e agora, nas gôndolas dos supermercados, pesquisava uvas, comparava rótulos. Se eu questionasse sua escolha, ela retrucava:

— É indicação do chefe, quero experimentar, como você reclama!

Eu achava aquilo uma frescura, deveríamos economizar para comprar nossa casa, mas ela dizia que precisávamos nos divertir um pouco.

Nos finis de semana, queria ir a cinemas, teatros.

— Vamos ficar em casa, só nós dois juntinhos, vamos namorar um pouco — eu dizia.

— Você virou um velho, cada vez mais chato.

Após muita insistência, fomos ao show de seu cantor predileto, comprou os ingressos, sentamos na terceira fila, bem próximos ao palco. Ela, hipnotizada, seguia seus movimentos, acompanhava as músicas, sabia as letras de cor. Então, o músico piscou para ela, eu a vi enrubescer, tremia, se oferecia a ele, uma gata no cio, eu não existia naquele momento. Levantei, puxei-a pelo braço e a arranquei de lá.

— Um barulho horrível, fumaça na cara da gente. Isso aqui não é lugar para você, veja aquelas mulheres, quanta vulgaridade.

Lígia não falou comigo durante algumas semanas. Não respondia minhas mensagens, não atendia minhas ligações, fazia o café da manhã e saía para trabalhar. À noite esquentava a comida, lia um livro e ia dormir.

Certo dia ao folhear uma revista, entreteve-se numa página, era a foto do cantor, começou a chorar. Fui até a cozinha, abri uma garrafa de vinho e a servi, comecei a beijá-la, ela adorava meus carinhos, iria reconquistá-la, mas ela se esgueirou, colocou uma música e dançou sozinha no meio da sala. Pegou a bebida, foi para o quarto e me deixou com a revista largada no chão, nem desligou o som.

Resolveu que voltaria a estudar, terminaria o curso que havia interrompido quando nos casamos.

— Para que você precisa disso agora, Lígia? Já temos tão pouco tempo juntos.

— Meu chefe disse que tenho talento e posso ir longe. Estou desatualizada. Você também poderia aprender algo novo.

— Que bobagem, já sei tudo o que preciso, estou ótimo assim. O que tenho me basta! Quero ficar mais com você, sinto sua falta, quero você comigo.

Não me deu ouvidos, vivia cansada e não se preocupava mais em fazer nossas refeições, antes tão caprichadas. Frequentava happy-hours, chegava em casa trançando os pés, a voz pastosa.

Eu reclamava, ela respondia que era exagero, não bebia muito, o grupo era de mulheres, os homens participavam pouco. Mas eu notava muito bem que nesses dias o vestido era mais curto, a blusa decotada, o batom vermelho, a maquiagem forte.

— Você parece uma palhaça — disse uma vez.

As brigas tornaram-se constantes. Lígia não apenas não aceitava mais minha autoridade de marido como passava mais tempo estudando, bebendo, trabalhando.

Lígia definitivamente não era mais a mesma. Na cama, mostrava-se aborrecida, sem ânimo, me evitava, a ingrata. Eu fazia de tudo para agradá-la, ela não reconhecia. Demonstrava mais prazer em comer um doce do que estar comigo.

Um dia chegou a beber tanto que apagou. Ao despertar no meio da noite e não achar sua calcinha, veio furiosa para cima de mim. Eu pedi que se acalmasse. Eu tinha direito, afinal, era seu marido. Depois disso, passou uma semana no outro quarto. Trancava a porta e não me deixava entrar.

Passou a tomar anticoncepcional sem me avisar, achei a caixa no lixo sem querer. Questionada, disse que não queria filhos, iria atrapalhar sua carreira. E não me entregava mais todo o salário, mantinha uma parte para suas despesas pessoais. Eu controlava muito bem nossas contas, expliquei. Insisti que disponibilizaria o quanto precisasse, mas não consegui convencê-la.

Para mim estava claro, o chefe e as amigas a envenenaram contra mim, colocaram ideias tolas na sua cabeça. O melhor a fazer seria largar o emprego, engravidar, cuidar da casa. A brincadeira já tinha ido longe demais.

Passei a vasculhar sua bolsa e suas roupas enquanto dormia. Ia à empresa no final do expediente, ficava à espreita do outro lado da rua. A maior parte do tempo, estava com as amigas; em outras, acompanhada dos colegas.

Um dia, logo pela manhã, arrumou-se melhor do que o costume, borrifou o perfume e saiu. Iria voltar mais tarde, happy hour com o pessoal do trabalho, não era para esperá-la.

Ao final da tarde eu estava em frente ao prédio, do outro lado da rua. Peguei-os saindo do escritório, as amigas na frente, ela atrás, lado a lado com o chefe, a nuca à mostra. Eu via seus olhos ardendo de desejo, suas reais intenções por trás daquela forjada educação. Foram ao local de costume. Mais tarde todos se retiraram, e os dois ali permaneceram.

Logo depois aproximou-se um rapaz mais novo, de terno, muito elegante e juntou-se a eles. Fizeram um brinde, riram, estavam felizes, muito felizes. Lígia soltou os cabelos. Senti meu corpo pesado, os punhos cerrados. Os três riam muito. O chefe despejou mais vinho nas taças e fizeram um brinde. A que? A quem?

Alguns dias antes eu havia estranhado o fato de ela tirar a mala do armário e deixá-la num canto. Questionei, ela resmungou e disse que estava limpando o quarto, iria guardá-la depois. Ela vai me largar, eles vão se casar.

Quando dei por mim, estava no bar, berrando seu nome, cadeiras no chão. Eu não via mais nada, só a mala no canto da sala. Lígia estava pálida, o corpo tremia. O chefe se ergueu num pulo, queria explicar, não precisava. Eu sabia exatamente o que estava acontecendo, o que iria acontecer. Ela começou a falar:

— Você está enganado, não é nada disso...

Dei um tiro no desgraçado. Lígia gritava, me segurava, dizia que não era nada daquilo.

O outro tiro foi na cadela. As pessoas corriam, tropeçavam, tentavam me agarrar. Eu estava aliviado, a vadia não iria mais a lugar nenhum.

O rapaz de terno balbuciava palavras desconexas debruçado sobre o corpo ensanguentado, meu querido, meu amor, beijava-o, acariciava seu rosto, beijava-o novamente. Ajoelhado no chão, virou-se para mim, tirou um par de alianças do bolso e revelou que estava lá para celebrar a união deles, Lígia seria a madrinha.

Maria Auxiliadora

Continue a rezar, pois é impossível
que se perca um filho de tantas lágrimas.
Conselho dado por um bispo a Santa Mônica

Chegou com a luz do dia batendo na porta, a bolsa grudada no corpo, o cabelo suado. Exausta, largou a sandália na entrada e foi direto ao oratório no canto da sala, um pequeno móvel azul turquesa ornado com rosas brancas em um vaso de vidro transparente. Acendeu uma vela, fez sua oração e foi preparar o café da manhã do filho. Edu gostava de café bem forte, duas fatias de pão, ovos mexidos e fruta. Malhava todos os dias, precisava se alimentar bem.

Eduardo não chegou a conhecer o pai, fruto de uma paixão por um dos clientes da casa onde Auxiliadora trabalhava. Ainda muito jovem e inexperiente, ela negligenciou as regras da casa e se deixou seduzir pelo charme e beleza de Carlos, era esse o seu nome. Depois de tomar conhecimento da paternidade, ele nunca mais foi visto por lá.

Devota de Santa Mônica, Maria Auxiliadora rezava para que o filho se convertesse como Agostinho, filho da santa, e encontrasse o caminho do bem. As orações de Santa Mônica foram ouvidas e Agostinho, o fanfarrão, tornou-se um dos pilares da igreja católica. Auxiliadora acreditava que suas preces também seriam ouvidas e Eduardo também se ajeitaria na vida, arrumaria um emprego e encontraria uma boa mulher.

Ela estava se organizando para mudar de profissão. Fazia cursos para manicure e cabeleireira. Com suas economias, planejava comprar um imóvel e atender clientes em domicílio. Queria se ver livre dos gracejos dos meninos e das senhoras que mudavam de calçada quando a viam. Ao entrar em uma loja, as mulheres puxavam os maridos para o lado e cochichavam: essa é mulher da vida.

Na família não era diferente, a irmã não a queria por perto e Eduardo a escondia dos amigos. Se acaso fossem vistos juntos, logo tratava de desvencilhar-se de sua companhia.

Bola de Sebo, uma cachorrinha que encontrara na rua, era sua única amiga. Cuidou dela desde pequenina e se tornaram inseparáveis.

Eduardo quase não parava em casa. Vivia na rua com os amigos, jogando e bebendo cerveja nos bares. Naquela tarde, ele abraçou a mãe e disse que havia conhecido uma moça de família muito boa, com quem pretendia se casar. "Entendeu, mãezinha?"

A mãe o ouvia sem acreditar. Bola de Sebo, sempre agitada, latia muito quando Edu se aproximava.

Na semana seguinte, ele apareceu com uns papéis embaixo do braço, planejava abrir um negócio. Trancava-se no quarto gritando que não queria ser interrompido.

Um dia chegou cantando, falando sem parar, apertou a mãe nos braços: a empresa iria enfim sair do papel, seria algo fabuloso! Levantou-a do chão numa rara felicidade:

— Coisa boa, mãe, de grã-fino. Você não vai mais precisar fazer esse serviço imundo. Terá seu próprio salão de beleza, Salão da Maria Auxiliadora, letreiro grande. Eu prometo, mãezinha, daqui por diante é por minha conta, vou cuidar de você.

Logo ele iria se apresentar aos pais da noiva, pedir a mão de Maria Fernanda. Mas ainda faltava o dinheiro para o investimento.

— Não quero fazer feio, eles observam tudo, preciso de um relógio e de uma corrente de ouro, quero causar boa impressão. Você tem que me ajudar, mãezinha querida.

Bola de Sebo levantou-se do tapete e rosnou feio para Eduardo como se lhe adivinhasse as intenções.

Maria Auxiliadora olhou para Santa Mônica e desatou a chorar. Ela já não tinha o vigor e a juventude de antes. Os clientes estavam cada vez mais escassos. Sentou-se à mesa da cozinha, fez e refez os cálculos, pegou a agenda e ligou para uns clientes antigos tentando imprimir ânimo e vivacidade à voz.

No dia seguinte recebeu um telefonema de sua irmã. Assustou-se, alguma coisa muito séria deveria ter acontecido, não se falavam há anos. Foi então que ela contou que Eduardo a havia convidado para ser madrinha do casamento.

— Tadinho, se ele não conseguir montar esse negócio, a noiva poderá romper o noivado. Tenho medo de que ele se entregue à bebida e ao jogo. Foi criado sem pai, será mais um golpe para ele... — profetizou a irmã que passou a demonstrar um interesse súbito por sua vida. — Já comprei um lindo presente para o casamento, não posso desapontar meu sobrinho.

Maria Auxiliadora refez os cálculos da poupança e desolada percebeu que ainda faltava muito para conseguir o valor que o filho precisava.

Ele andava cada diz mais nervoso. No pouco tempo que parava em casa, ficava andando de um lado para o outro a passos pesados, dando murros pelos cantos. Os pais da noiva o pressionavam. "Se demorar muito vou perder esse casamento."

Pensando em tudo de ruim que poderia acontecer caso o noivado fosse desfeito, Maria Auxiliadora foi até o quarto e tirou do armário um baú que há muito tempo não mexia. Entre papéis, cartas e fotografias amareladas, apanhou um pequeno pacote. Desembrulhou com cuidado. Dentro, uma gargantilha de ouro gravada com seu nome, única joia que teve na vida, único presente que o pai de Eduardo lhe dera.

Vendeu-a na manhã seguinte. O filho ficaria orgulhoso de seu gesto. Colocou o dinheiro num envelope, incluiu umas notas a mais e deixou sobre a cama de Eduardo. Naquele dia não foi trabalhar. Queria ver a reação dele ao ver que conseguira o dinheiro.

Ao chegar, Eduardo mal a cumprimentou e foi direto para o quarto. Num impulso, pegou o envelope em cima do travesseiro, rasgou-o, contou e recontou as cédulas, acariciando-as.

Bola de Sebo ladrava ruidosamente ao redor até que ele a chutou para fora do quarto e trancou a porta.

No dia seguinte, Maria Auxiliadora preparou o café bem forte do jeito que o filho gostava e foi chamá-lo no quarto. Ao abrir a porta, derrubou a xícara no chão. O cômodo estava vazio, os armários escancarados, o envelope vazio jogado num canto do quarto.

Aos pés de Santa Mônica, um bilhete grudado com durex:

"Agradeça a ela por mim. Não me procure nunca mais".

Memórias de um cone

Ciscando num monte de lixo,
um galo encontrou uma pérola...
Krylov

Cheguei num dia chuvoso após os faróis da cidade terem se apagado. Um caos se formava diante de mim, pessoas gritavam, olhos faiscavam em todos as direções. Um homem de capa amarela me pegou pelo topo, me colocou no meio da via pública e começou a apitar para uma turba de automóveis, tentando trazer ordem à balbúrdia que não mostrava sinais de apaziguar.

Dois veículos cruzaram no mesmo instante e, como eu não os tivesse permitido passarem ao mesmo tempo, berravam. O proprietário do carro luxuoso seguiu em frente, vitorioso, o dedo em riste.

Depois de algumas horas, fui chutado, atrapalhava o trânsito. Rolei na calçada, caí numa poça enlameada de barro. Fiquei ali por horas, sem serventia. Apenas observava as lâmpadas se acenderem e as capas amarelas sumirem.

Fazia frio, tentei me mexer um pouco. Um vulto magro, com restos de um chinelo ensopado tocou em mim, senti um calafrio. Aproximou-se um pouco mais, o cheiro de suas roupas me causava ânsia. Me virou de todos os lados, vasculhava meu interior, fiquei tonto. Me abraçou com força e começou a assobiar. Me levou embaixo dos seus braços, o paletó malcheiroso aquecia meu corpo.

Parou em frente a um barraco de caixotes de madeira montado em volta de uma pilastra apagada. Enquanto cantava debruçou-me num fétido cobertor. Lançou em meu ventre restos de comida e chamou por Nabuco que, com o rabo abanando, lambia seu rosto. Aquele esquálido ser estava feliz. Encontrara um lugar seguro e quente para seu melhor amigo dormir.

Nas ondas do Caribe

Quem é essa mulher
Que canta como dobra um sino?
Queria cantar por meu menino
Que ele já não pode mais cantar
***Angélica*, Chico Buarque**

Mercedes, 72 anos, natural de Madri, embarcou em um cruzeiro pelo Caribe sozinha. A mala carregada de roupas.

Ela sempre fora uma mulher reservada, decotes tímidos, calça comprida, vestidos ou saias na altura do joelho, batom bem clarinho. Não costumava ir à praia, à piscina, não gostava de mostrar o corpo, as pelancas, a pele flácida e enrugada.

Era assim desde moça. Despir-se para os namorados, o companheiro, sempre fora um suplício, um martírio. As luzes precisavam ser apagadas, tinha que estar escuro, bem escuro. Pouco tempo depois, o casamento se desfez. O marido foi embora e a largou com duas crianças pequenas: Antonina, com seis anos, e Isabel, cinco.

Agora, naquele navio, desfilavam-se aos seus olhos corpos de todos os tipos, um cruzeiro de nudismo. E exibiam-se à vontade, confortáveis com a situação. Tinha seus motivos para estar ali. Mas não sabia se seria capaz de suportar uma viagem tão longa. Se ao menos não fosse incomodada, teria sua cabine para se refugiar.

As cenas a chocaram assim que a embarcação partiu. Um casal descia as escadas. Ele, 74, usava bengala apenas. Ela, 72, um adesivo cintilante nos mamilos. Conversavam alegremente. Foram ao bar tomar um drinque, falavam com outras pessoas. Todos sem roupa.

Na maior parte do tempo, os turistas estavam totalmente descobertos. Mercedez mantinha-se sempre com um camisão no corpo. Na fila para o almoço, quase fora atropelada por uma senhora despida num carrinho para pessoas com dificuldade de locomoção.

À tarde, encostada num canto do navio, olhava de longe a aula de alongamento, os alunos e o professor nus. Um casal sexagenário de Nova York aproximou-se e tentou acalmá-la:

— Relaxa, estamos todos pelados aqui.

Observava uma jovem loira com uma mandala tatuada no cóccix tagarelando com um homem bem mais velho. Falavam e riam muito. Nunca vi tanto idoso desnudo, murmurava para si.

Numa área destinada à paquera, um longevo com uma tatuagem no ombro piscou para ela. Era um veterano desses cruzeiros. Explicou que esses passeios não eram para perversão, suruba. Havia alguns específicos para isso. Ali o objetivo era a naturismo por si só, pura diversão.

Ouviu muitas piadas e trocadilhos sobre as genitálias à mostra. Eles ficavam pelados na fila do self-service, malhando na academia, nos caça-níqueis do cassino, na coreografia das músicas, no estande com pizza 24 horas ou assistindo filmes no telão sobre a piscina. Ela, sempre vestida.

A terceira idade predominava. E são eles os que estão mais à vontade com a nudez, reparou. Um viajante norueguês lhe disse:

— Tenho 73 anos e, a essa altura, zero tempo a perder com inseguranças ligadas à aparência do corpo.

Conversou com um casal jovem de indianos. Eles lhe explicaram que queriam muito ter essa experiência:

— Uma aventura dessa natureza jamais seria bem-vista no meu país. Minha mãe jamais me perdoaria — diz o rapaz.

Ela assistiu palestras sobre acupuntura, participou da festa do chá, de grupos de leitura, de gincanas. Sempre com um camisão. Ninguém a recriminava por isso.

Por fim, quando uma senhora dinamarquesa de 84 anos lhe perguntou por que estava lá, ela disse:

— Minha caçula morreu de câncer com 28 anos. Ela era fã dessas coisas, amava praias naturistas. Essa experiência me ajuda a me sentir mais próxima dela.

À tarde, Mercedes entrou na coreografia da dança no convés da embarcação ao lado de dezenas de passageiros. Vestia um tutu transparente de bailarina e só.

O advogado da família

A gente quer ter voz ativa, no nosso destino mandar. Mas eis que chega a roda-viva e carrega o destino prá lá.
***Roda Viva*, Chico Buarque**

Leônidas, mais conhecido por Leo, tinha doze anos e morava na Holanda. Gostava de cantar na igreja, queria ser cantor e viajar o mundo. Adorava brincar de carrinho, tinha muitos, de vários tamanhos e modelos. A tia e a avó viviam comprando para ele.

O pai, motorista de caminhão, amava o moleque. Fã do Bonsucesso Futebol Clube, escolheu o nome do filho em homenagem ao time. Sempre que voltava de viagem, levava o garoto para ver uma partida. Da mãe, ele sabia muito pouco, não chegou a conhecê-la. Dona Maria, a avó, é quem ele chamava de mãe.

Numa sexta-feira à tarde, Leo deixou os brinquedos espalhados na sala para acompanhar a avó ao supermercado. Ele era o seu guardião, gostava de protegê-la. A cidade era muito perigosa. Estava muito feliz, o pai chegaria no dia seguinte.

Vestido de azul e vermelho, as cores do time, tagarelava para a avó. Disse que iria ser advogado para defender a família e tirá-los daquele lugar. Ao atravessarem a rua de volta para casa, foi atingido por uma bala perdida, não chegou com vida ao hospital. A Holanda, de Leo, era a favela Nova Holanda, em Bonsucesso, Rio de Janeiro.

O affair

Débora, Júlia e Bárbara saíram para almoçar numa sexta-feira, como era de costume. Desta vez escolheram um restaurante novo, diferente para as três, mais afastado do trabalho, assim poderiam conversar mais à vontade.

Chegando ao local, pegaram uma mesa próxima à janela. Julia, a mais curiosa delas, foi até a varanda olhar a paisagem lá de cima.

A vista não tinha nada de especial, mas ela ficou chocada com o que viu. Reconheceu João, o namorado de Carol, uma grande amiga do trabalho, abraçado com uma mulher. Ela era alta, elegante, eles sorriam e se abraçavam o tempo todo.

Voltou correndo à mesa e descreveu a cena para as amigas.

— Como o João, tão tímido e certinho, pode estar traindo a Carol? — Débora disse indignada.

— E há quanto tempo estão se encontrando? — acrescentou Bárbara.

— Quem é essa mulher? Pelas roupas dá para ver que é bem rica. Não dá mesmo para confiar nos homens. Se até mesmo o João com aquela cara de santinho faz isso, imagine os outros — exclamou Júlia.

— O João, hein... um predador, quem diria! Coitada da Carol, gente! — enfatizou Débora. — O melhor mesmo é a gente ficar sozinha.

No trabalho trocaram mensagens com as colegas mais próximas e contaram o que aconteceu. Agitadas, evitaram falar com Carol, não sabiam como agir. Passaram o final de semana discutindo o assunto entre elas.

Na segunda-feira pela manhã, elas mal cumprimentaram João. Carol, assim que chegou ao trabalho, chamou as amigas para a encontrarem no café na hora do intervalo. Havia tomado uma decisão importante e queria comunicar a elas primeiro e também pedir uma ajuda.

Durante o expediente houve uma troca intensa de mensagens. Uma delas questionou se deveriam mencionar o almoço na sexta-feira, se poderia soar mal, parecer fofoca, refletiam.

Na cantina, assim que Carol apareceu, as amigas entreolharam-se sem saber como agir. Por fim, Bárbara começou a dizer que já sabiam o que ela iria falar, estavam solidárias. Carol a interrompeu.

— Como? Vocês já sabem da Helena? Quem contou?

— Nunca imaginamos que o João pudesse fazer uma coisa dessas com você — falou uma delas.

— Ele não enganou só você, ele traiu todas nós — completou Julia.

Carol soltou uma gargalhada e explicou que o namorado havia encontrado a irmã que morava em Nova York, estava de férias no Brasil.

Helena arrumara um emprego para ele na empresa em que trabalha, um sonho antigo de João, estavam todos bem felizes.

Iriam se mudar no mês seguinte. Ela gostaria da ajuda das amigas para organizar a festa de despedida.

O inferno são os outros

Isso é o cúmulo, essas mulheres não se enxergam, Cristina reclamava, ao folhear as fotos da revista enquanto aguardava na sala de espera do dentista.

— A senhora me dá licença? — questiona a mulher sentada no sofá ao lado, mascando um chiclete. Cristina repara que ela pegou uma revista em quadrinhos para ler. Mais uma velha vulgar, murmura para si mesma.

Após o atendimento, remexe a bolsa, passa um batom e sai sem se despedir na recepção. Ao chegar ao trabalho, desliza a mão em cima da sua escrivaninha, a poeira fica em seus dedos.

— Ninguém sabe trabalhar aqui? — tira o álcool e um paninho da gaveta e limpa o computador, o telefone, a mesa.

Na hora do almoço, resolve adiantar as compras do mês e vai ao supermercado localizado em uma área nobre da cidade, um pouco afastado da empresa e da sua residência, mas o de sua preferência. Me sinto em casa aqui, costuma gabar-se aos amigos.

Na fila do caixa, à sua frente, uma jovem de cabeleira cheia, cabelos presos com elástico, calça jeans e sandálias rasteirinha, fala ao telefone. No carrinho, uma garrafa de

Johnnie Walker 12 anos, geleia importada, alguns alimentos infantis, bisnaguinhas, morangos e leite integral.

Essa uma, assim que sair daqui, vai correndo esconder algo na bolsa. Não achei o produto, vasculhei todas as gôndolas por isso atrasei um pouco, vai dizer com aquela voz choramingosa para a patroa.

Se fosse comigo, iria conferir a nota todinha, item por item. Eles não me enganam, não. Cuida bem do maridão, patroa! Eles podem acabar tomando esse uísque juntos. Comigo ela não teria vez não, eu sei muito bem lidar com gente dessa laia.

Como precisava voltar logo ao trabalho, Cristina despejou as mercadorias no balcão, passando por cima das dela.

— Você não viu a placa? *Ex-press* quer dizer fila rápida. Estou com pressa, tenho reunião com o superintendente, anda, deixa eu passar — falou numa voz estridente.

A jovem, que naquele momento checava as mensagens do celular, virou-se sobressaltada. Ao compreender o que se passava, brecou seu movimento.

— Veja só o seu carrinho. Se está com tanta pressa assim deveria ter vindo em outro horário.

— Mas quem é você para dizer não? — e continuou a esparramar as compras. — Insolente, são todos assim mesmo, o lugar deles é no elevador de serviço, disse para si mesma.

Diante do tumulto, o gerente pediu a Cristina que se dirigisse ao caixa comum.

— Há muito mais itens do que o permitido, a senhora está na fila errada.

— Nunca passei por uma grosseria dessas na minha vida, nunca fui tão humilhada assim. Esse supermercado decaiu mesmo, dá para ver como anda mal frequentado. Não ponho mais os pés aqui, nunca mais.

Deixou os produtos no balcão, virou-se para a jovem e exclamou:

— Avisa a patroa para ela vir da próxima vez, ela saberá como se comportar. — Largou o carrinho e saiu murmurando: sua imunda.

Passado algum tempo, Cristina caiu da escada ao fazer a arrumação do armário em sua casa. A empregada o limpara de qualquer jeito. Um bando de preguiçosos, vou mostrar como é que se trabalha de verdade, falava para si.

Levada às pressas para o hospital, deparou-se com a jovem do supermercado ao lado de algumas atendentes, conversavam no corredor. Reconheceram-se mutuamente, a moça lhe virou as costas.

— Foi despedida e agora veio pedir dinheiro para as amigas, eu sabia que ela não valia nada, eu nunca me engano — cochichou para a irmã que a acompanhava.

Cristina fraturara o fêmur e deveria ser submetida a uma cirurgia de urgência. Uma vez instalada no quarto, tocou a campainha três vezes em menos de um minuto. O técnico de enfermagem mal abria a porta e já podia ouvir suas queixas.

— Que demora, hein! Quero falar com o responsável, esse lugar não é arejado, a televisão só tem canal aberto, eu pago uma fortuna pelo plano, exijo um tratamento melhor. E o médico vai aparecer quando? Está lá fora paquerando as enfermeiras?

O funcionário respondeu que iria verificar e a avisaria o mais rápido possível. Pouco depois, a jovem que ela ofendera no supermercado adentrou o quarto.

— Boa tarde, acredito que já nos conhecemos, não é mesmo?

Cristina encolheu-se na cama e procurou a irmã, que acabara de sair naquele momento. Que estúpida, tinha que sair justo agora, pensou.

— Meu nome é Joana, sou a médica responsável pela sua cirurgia. As enfermeiras virão em seguida fazer algumas perguntas e daremos início ao procedimento padrão para a operação. Quanto às acomodações, a senhora encontra-se no cômodo adequado ao seu plano — standard — não há possibilidade de alteração. Deseja outros esclarecimentos?

Joana era chefe do departamento de ortopedia, autoridade máxima de sua área naquele hospital de elite.

Logo depois, uma enfermeira entra para aplicar a medicação.

O pássaro e a gaiola

Há um pássaro azul em meu peito que
quer sair, mas sou duro demais com ele,
eu digo, fique aí, não deixarei
que ninguém o veja
***O pássaro azul*, Charles Bukowski**

Alice chegou em casa molhada da chuva que caía, a sacola de compras pendurada no braço, o cabelo encharcado. Ao entrar na sala, foi logo procurando por Agatha, a gatinha siamesa que acabara de pegar numa feira de adoção, um desejo antigo que agora se realizava.

Morena, alta, cabelos compridos sempre presos num coque, era auxiliar de dentista e havia se mudado recentemente da casa de sua mãe para um apartamento próximo ao consultório.

Acordava cedo, colocava cílios postiços, passava lápis nos olhos, sombra leve nas pálpebras. No armário, vestidos decotados, sandálias e sapatos de salto alto para os fins de semana. No trabalho, apenas uniforme e sapatilhas.

Foi no consultório que conheceu Dorival. Ele chegou acompanhado de um amigo com os lábios inchados e a mão direita enfaixada. Alice ficou impressionada pelo rapaz.

— Foi uma briga — explicou o colega na sala de atendimento.

Dorival, protegendo a boca com a mão, protestou:

— Fui apartar uma discussão e sobrou pra mim.

— Não foi a primeira vez — retrucou o outro.

Ao preparar Dorival na cadeira, Alice reparou nos seus gestos, firmes e decididos. Ao prender o lenço de papel em volta do pescoço, roçou em seu braço. Com as faces rosadas, tentou disfarçar o embaraço.

A raiz do dente de Dorival estava fraturada, seriam necessárias várias sessões para o tratamento. Ele agendava sempre os últimos horários, chegava mais cedo e levava bombons e chocolates para Alice, que, nos dias em que ele aparecia, retocava a sombra nos olhos antes de recebê-lo.

Um dia, Dorival contou que tinha um canário e adorava ouvir seu canto. Alice comentou:

— Ah, eu também adoro os passarinhos! Onde ele fica?

— Na sacada do meu apartamento, em uma gaiola que eu mesmo construí — falou com um sorriso largo no rosto. – Aprendi a fazer gaiolas quando era criança, fazia de vários tamanhos, de bambu, de madeira.

— Para que você fazia tantas gaiolas?

— Para prender gafanhotos, borboletas, insetos. Era minha brincadeira predileta. Fiquei famoso, diziam que eu tinha talento.

— Mas passarinhos foram feitos para voar.

— Bobagem. Eles vivem melhor atrás das grades, mais protegidos. E eu os tenho só para mim, posso apreciá-los quando quiser.

À noite, Alice sonhou que morava em uma gaiola muito apertada, ela não conseguia se mexer. Tentava pedir ajuda, mas ninguém a ouvia. Comentou o sonho com Dorival no dia seguinte enquanto o preparava na sala do dentista.

— Você é muito impressionada!

O dentista entrou na sala e eles pararam de conversar.

Durante o atendimento, Alice, lembrando do sonho, sentia-se estranha, aérea.

— Cuidado, Alice! O tubo de sucção está solto! — exclamou o doutor.

Terminado o tratamento, eles passaram a se encontrar nos finais de semana. Depois de um tempo, assumiram o namoro para os colegas.

— E aí, como ele é? — as amigas perguntavam.

— Ah, ele é inteligente, está sempre me ensinando algo. Diz que é para o meu bem, quer me proteger, quer que eu evolua.

— E as brigas em que vive se metendo? Você não tem medo?

— Ele é um pouco esquentado, impaciente, mas com jeitinho eu consigo mudá-lo. É só uma questão de tempo.

Ao saber do relacionamento dos dois, o dentista alertou:

— Abre os olhos, Alice!

— Doutor, ele é uma pessoa boa, generosa, tem paixão pelos pássaros. Aos poucos ele vai melhorar, eu vou ajudá-lo.

— Homens como ele não mudam nunca — disse, analisando a ficha do próximo paciente.

Passado algum tempo, Alice pediu para alterar o horário da entrada. Ela estava morando no apartamento de Dorival e teria que pegar duas conduções para o trabalho.

— Eu não queria, doutor, mas ele disse que o meu bairro não era bom, que lá era mais seguro e eu teria mais conforto.

Alice se lembrou de quando foi ao apartamento de Dorival pela primeira vez. A sacada era vazia, cinzenta e cheirava a alpiste. A ave presa na gaiola parecia solitária, seu canto era triste. Sentiu uma pontada no peito, uma vontade de chorar.

— O apartamento é grande, bonito, mas... — respondeu enquanto colocava os instrumentos na autoclave. O cheiro de flúor se espalhava pela sala.

— Mas?

— Eu não vou poder levar a Agatha, Dorival disse que ela vai estressar o passarinho.

— Você gosta tanto da gata, Alice. Está certa disso?

— Não tem outra saída, doutor, ele não gosta de gatos.

Com o passar dos meses, Alice foi-se adaptando à nova rotina. Tranquilizou-se ao saber que a gata havia sido adotada por um casal que amava felinos.

Certa noite, quando preparava o molho de tomate, Dorival mexia a cabeça em sinal de reprovação. Puxou os tomates para si e cortou-os com extrema rapidez. Depois empurrou-os de volta para ela, que havia picado apenas dois.

Quando Alice pegou o vinho, ele tirou a garrafa de sua mão:

— Amor, deixa que eu abro, você sempre quebra a rolha.

Um sábado à tarde, ao voltar do futebol com os amigos, Dorival encontrou Alice rindo ao telefone, ela falava com uma amiga. Chamou-a duas vezes, ela não ouviu.

— Estou falando com você, é surda, por acaso? — berrou ao arrancar o celular da sua mão, sacudi-a pelos ombros.

Trêmula de susto, Alice desatou a chorar e se trancou no quarto. No dia seguinte, foi procurar a mãe.

— Só uma sacudida e você fica desse jeito? Ele não é bandido, não é marginal. É trabalhador, vive te dando presentes, o que mais você quer? Não existe príncipe encantado, vai se acostumando. Homem é tudo igual, minha filha.

Certa vez, combinaram de encontrar alguns amigos na sexta-feira à noite. O telão em cima do balcão exibia o caso recente de uma mulher assassinada pelo marido. A pedido de um cliente, o proprietário aumentou o volume.

A reportagem mostrava fotos sensuais postadas pela jovem nas redes sociais antes do crime.

— A mulher não se dá o respeito e depois reclama — um deles comentou.

— É o que eu sempre digo, se a mulher provoca o homem, merece apanhar — emendou Dorival.

A conversa mudou para futebol e Alice passou a contar histórias engraçadas do consultório. Ela dramatizava, gesticulava. Dorival a interrompeu:

— Conta direito essa história, Alice! Você é sempre exagerada, não foi assim que aconteceu.

Alice se mexeu na cadeira, arrumou o cabelo e virou o copo de cerveja num gole só. Pediram uma nova rodada de bebidas. Um colega ao seu lado puxou um assunto que fez Alice dar uma gostosa gargalhada. Dorival deu um soco na mesa e berrou:

— Você está bêbada, o bar inteiro está te ouvindo. Eu já falei, você não sabe se comportar, só me faz passar vergonha.

Dizendo isso, puxou-a pelo braço, jogou o dinheiro da conta na mesa e saíram sem se despedir.

— Não queria estar na pele dela — comentou uma das amigas.

— Ele pode machucá-la, não é melhor fazermos alguma coisa?

— Em briga de marido e mulher, não se mete a colher. Ele fez o que tinha que ser feito.

— Eu conheço a ex-mulher dele, não quer vê-lo nem pintado de ouro.

Na segunda-feira, o dentista reparou um corte em cima das sobrancelhas e uma mancha arroxeada ao redor dos olhos.

— Eu caí da escada no final de semana, fui arrumar os armários e perdi o equilíbrio — respondeu ao doutor.

Ele percebeu que os braços também estavam machucados.

— Mulher não é saco de pancada, Alice. Não precisa aceitar tudo do marido.

— Não foi nada disso, doutor. Eu sou muito clarinha, qualquer batida deixa mancha — disse segurando o choro.

No final do dia, ela voltou à casa da mãe.

— Mas o que foi que você aprontou dessa vez? Que roupa estava usando? Não falei pra não arrumar encrenca?

À noite, Alice sonhou que caminhava em um parque, o dia estava ensolarado, o céu azul, a grama molhada sobre seus pés. Sentia-se livre, começou a correr, quando, de repente, algo frio e metálico fisgou seu tornozelo. Ela gritava sem conseguir se mover, ninguém vinha socorrê-la. Acordou suada e não conseguiu mais dormir.

Outro dia, ao chegar mais tarde do consultório, Dorival a esperava no sofá, assistia à televisão bebendo cerveja.

— Onde você estava até agora?

— Houve uma emergência, não tinha ninguém pra ficar no meu lugar.

— Uma emergência de novo? — ele a agarrou pelo braço.

— Me deixa, estou cansada, preciso de um banho.

Ele tentou beijá-la, o cheiro de suor e bebida a enojou, ela virou o rosto.

— Vai tomar o seu banho logo e não demora. Vai, vai logo — deu um empurrão em suas costas.

Na hora do jantar, Dorival a interrogou novamente, o canário começou a piar.

— Essa sua desconfiança acaba comigo. É o tempo todo isso, um verdadeiro inferno.

O gorjeio ficou estridente, a ave se debatia na gaiola.

— Meu Deus, eu não aguento mais ouvir esse pássaro, faça alguma coisa! — ela pediu. Nós precisamos conversar.

Dorival foi à varanda e jogou uma manta em cima da gaiola. O som ficou abafado, diminuiu de intensidade, o pássaro se acalmou.

— Conversar sobre o quê?

— Sobre a gente. Não dá mais... eu não aguento mais essa vida.

— Se você me largar, eu te mato, está me ouvindo? Eu te mato!

No dia seguinte, assim que acordou, Alice escutou um ruído vindo da sacada. A gaiola estava aberta e havia penas espalhadas pelo chão. Sentiu um arrepio na coluna, as pernas amoleceram. Sentado no canto da varanda, Dorival segurava calmamente o pássaro com uma das mãos. Com a outra, cortava sua plumagem.

— O que você fez, seu monstro?

— Calma, amor, eu só aparei a asas, foi para protegê-la de fazer alguma besteira, andava muito arisca, poderia escapar. Agora vai ficar mais mansa. Você chora por qualquer coisa, faz um dramalhão. É muito comum cortar as asas das aves.

Naquele dia, o dentista chamou sua atenção diversas vezes e a dispensou mais cedo. Alice não tinha condições de trabalhar. À noite, Dorival abriu uma garrafa de vinho e serviu-lhe uma taça. Ela bebericou e foi deitar. Acordou de madrugada sentindo fortes dores nas coxas, um gosto amargo na boca, a cabeça rodava. Ao se tocar, percebeu a lingerie rasgada. Ao seu lado, Dorival dormia profundamente. Correu ao banheiro a tempo de vomitar.

No dia seguinte, foi trabalhar ainda sentindo náuseas. Percebendo os olhos inchados e sua dificuldade em andar, o dentista perguntou o que havia acontecido.

— Bati a cabeça na geladeira, doutor.

— Outro dia você caiu da escada, depois escorregou nos degraus. Está tudo bem, Alice?

— Está sim, doutor, eu sou muito distraída, preciso prestar mais atenção onde ando.

Ele lhe entregou um folheto sobre denúncia de violência doméstica e falou:

— Se você não o denunciar, eu próprio o farei. Você pode morrer, quero ficar em paz com a minha consciência.

— Mas, doutor, ele é bom, é só...

Assim que ele saiu da sala, Alice jogou o papel no lixo. Na hora do almoço procurou a mãe.

— Isso acontece com qualquer casal, Alice. Por acaso você acha que seu pai era um santo, um lorde, já esqueceu?

Ao voltar para a clínica, o dentista a aguardava com o folheto amassado nas mãos. Ele tirou o telefone do gancho.

— Mas, doutor...

— Ele pode te matar, já se deu conta disso?

Ao saber da prisão de Dorival e da separação dos dois, a mãe esbravejou:

— E agora, quem vai cuidar de você? Não existe príncipe encantado, os homens são todos iguais. Vê se acredita em mim pelo menos uma vez na vida.

— Eu só quero a minha vida de volta!

Alguns meses depois, Alice mudou de emprego, pegou um gatinho na feira de adoção e começou a namorar um colega das aulas de dança.

— E aí, como ele é? — as amigas perguntaram.

— Ah, ele é inteligente, está sempre me ensinando algo. É para meu bem, ele diz, quer me proteger, ele quer que eu evolua.

O porto de Santos

Alheia ao movimento à sua volta, uma mulher vestida de blusa amarela puída, shorts preto, tênis vermelho, sentada na calçada de uma avenida de São Paulo, lê um livro. Não usa máscara. Os cabelos presos em rabo de cavalo deixam à mostra o rosto redondo e robusto.

Esparramado ao seu lado, um rapaz dorme. Um pano cobre parte do corpo. De um lado, veem-se os pés descalços e sujos, do outro, a cabeça sobre um travesseiro sem fronha. Em frente aos dois, um saco de lixo preto e uma garrafinha de água. Ninguém, além de mim, parece notá-los, eu estava a poucos passos deles.

Absorta na leitura, a moça sobressalta-se quando indago sobre o livro. Um pouco sem graça, olhando algumas vezes para o jovem adormecido, me mostra a capa: "Cinquenta tons de cinza".

Sorrio e digo que também gosto de ler. Mais à vontade agora, ela me diz que ontem havia terminado "O sótão". Como consegue os livros, quero saber. Antes de me responder, fala algo para dois velhos desdentados que estão encostados em duas carretas repletas de papelão e pedaços de madeira, as máscaras no queixo.

Ela se volta para mim e explica que em frente ao parque

Trianon há uma barraquinha de livros usados. Sempre vai lá, pede um livro emprestado, lê, devolve e pega outro. Fez amizade com o dono.

— Adoro ler — exclama.

Pergunto se não tem medo do coronavírus, ela diz que estava com a máscara até agora. Está ali, responde, e diz que depois vai colocá-la. Olho em volta, não há qualquer vestígio do acessório. Me despeço e ela retoma a leitura.

Dois dias depois, passo pela avenida e ela encontra-se no mesmo lugar, com a mesma blusa amarela esfarrapada, os shorts, o cabelo preso e sem máscara. Ao seu lado, sem camisa, o colega estendido no chão.

Pergunto sobre o livro, agora é outro, me diz. Olha para o rapaz entorpecido pelo sono, se vira para mim e exibe a obra: "O poder da ação". Os dois indigentes encostados em suas carroças nos observam. As máscaras no queixo.

Ela me diz que é amante da leitura. Lê, em média, um livro a cada dois dias, dependendo da quantidade de páginas. Seus trajes, gestos e forma de se expressar me impressionam, não condizem com o que se espera de uma moradora de rua.

Chama-se Rosana, foi cozinheira durante vinte e dois anos, trabalhou em casas de família. Fez curso em Angra dos Reis e se formou, fala com orgulho, a voz vigorosa, cheia de vitalidade. Foi parar nas ruas por causa do marido. Quando se conheceram, ele já era morador de rua e dependente químico.

Ela trabalhava em Santos. Gostava muito de andar na

praia com os pés descalços, sempre passava perto do porto, tinha paixão pelos navios, os viajantes mundo afora. Eles foram namorando, se apaixonando, e a família dela não aprovou o relacionamento. Saiu de casa para viver com ele, dar uma força, para ele largar as drogas.

Disse que agora, graças a Deus, ele se libertou, não usa mais. Agradece a vida que tem. Não reclama de nada. Acredita que se está passando por isso, é para aprender alguma coisa, tudo tem um propósito. E se Deus quiser, as coisas irão melhorar, tem muita fé.

Os mendigos apoiados em suas charretes perguntam alguma coisa, ela acena para algum lugar.

— A gente vai fazendo amizade por aqui, conhecendo as pessoas, são gente boa também — fala apontando para eles.

No dia seguinte, Rosana está varrendo a calçada. Separa rapidamente num canto um monte de folhas caídas pelo vento. Acende um cigarro. O companheiro foi ali e volta logo, me diz.

Quando retorno do meu passeio, ela está sentada em cima de uma mureta, o parceiro ao lado. Sem blusa, ele se espreguiça. É um rapaz jovem, bem mais moço do que ela. É magro, mas apesar das drogas, bonito. Cumprimento os dois e sigo meu caminho.

Na sexta-feira, o casal não estava por ali. Um dos pedintes, escorado na carroça, diz que ela foi resolver algumas coisas e volta logo.

No sábado, encontro Rosana sentada sozinha no parapeito de um muro. Está tudo bem, me diz, dá um sorriso sem graça.

Ao se despedir, pergunta se eu poderia ajudá-la. Quer ir embora. Sozinha, quero saber. Sim, a gente é muito diferente, ele não quer saber de trabalhar, só de beber. A gente pensa muito diferente. Quero voltar para Santos. Tem lugar para ficar, pergunto. Tenho sim, vou ficar na casa da minha tia. E seus pais, continuo o questionário. Responde que moram em Bauru.

Precisa de dinheiro para pagar a passagem. A van sai de hora em hora. Não quer mais essa vida, está há um ano e meio nas ruas, lamenta com a voz chorosa.

Digo que vou ao banco. Na volta, me certifico que o companheiro não está por perto. Eu a chamo para um canto, próximo a algumas barraquinhas de artesanato. Ancorados em suas charretes, os indigentes nos encaram.

Enrolei o dinheiro num papel de propaganda de celular, a quantia necessária para a condução e um pouco mais para os primeiros dias. O meu presente de Natal foi para ela. Antes de entregar, faço um pedido:

— Olha, não fala pra ninguém que eu te dei. Não quero problemas com teu marido.

— Não, não vou dizer não, pode deixar.

Agradece e diz que está apenas aguardando a assistente social chegar com alguns documentos. Chora um pouco e diz que sim, a tia é legal. Não quer mais levar essa vida. Desejo boa sorte, um abraço para a Cilene, a parente que irá recebê-la, digo que estou torcendo por ela, minha mãe, minhas amigas. Ela chora.

Dois dias depois, entro numa barraca de jornal próxima

ao local onde Rosana costumava ficar, folheio uma revista para disfarçar. Estico o pescoço e vejo os indigentes em suas carretas. Um pouco mais adiante, um jovem próximo a um muro se espreguiça, as costelas à mostra.

Ao lado dele, alheia ao movimento à sua volta, uma mulher vestida de blusa amarela, short preto e tênis vermelho, na calçada de uma avenida movimentada de São Paulo, lê um livro. Não usa máscara.

Rafaela K.

Rafaela sempre foi uma menina tímida, retraída. Vivia quieta pelos cantos da casa, não participava das brincadeiras com os irmãos. Carrinhos, armas, lutas, nada era para ela.

Não gostava das roupas que a mãe lhe obrigava a vestir, sentia-se desengonçada, desajeitada. Os presentes de Natal e de aniversário ela passava para os irmãos. Não se olhava no espelho, tinha vergonha do corpo, dos pelos, chegou até a cortar-se algumas vezes.

Um dia o pai a encontrou na sala brincando com uma boneca. Usava as roupas da prima e o rosto lambuzado de maquiagem. A surra que levou foi a primeira de muitas. Deixou-lhe marcas arroxeadas na pele, que tentou esconder por mais de um mês quando ia à escola.

O pai gritava para a mulher a todo o momento:

— É de pequeno que se torce o pepino.

Rafaela tinha dificuldades de aprendizagem, não conseguia se concentrar nas aulas, prestava mais atenção nas colegas, como elas se vestiam, os sapatos que usavam, a cor dos esmaltes.

Em casa, trancava-se no quarto e fazia bijuterias, cantava, dançava. O pai não se conformava e berrava para a esposa:

— Pau que nasce torto morre torto. A culpa é sua que nunca educou direito.

Rafaela mudou de escola, fez novos amigos, deixou o cabelo crescer. Queria ser influenciadora digital.

Andava sempre na companhia de Graziela, a amiga quatorze anos mais velha, tinha 27 anos. Ela lhe emprestava as roupas, batons, chamava os amigos para verem Rafaela imitar Anitta e Pablo Vittar no quintal de sua casa. Eram os únicos momentos em que Graziela a via feliz.

A um mês de completar 14 anos, Rafaela foi espancada até a morte por pauladas, facadas, chutes e socos. Teve os olhos perfurados. O corpo foi encontrado de madrugada num terreno baldio.

— Via nela uma florzinha, um botãozinho que estava desabrochando, conhecendo a vida — exclamou Graziela para os policiais.

O colégio onde ela estudava lamentou a morte da aluna. A nota se solidarizava com a família nesse momento de dor e indignação. Em uma publicação na rede social, referiu-se a Rafaela pelo nome de nascimento — Pedro M. Ao lado, uma foto tirada aos oito anos de idade, vestida de marinheiro, boné, cabelo curto. Os olhos opacos, sem brilho, o rosto sem sorrisos.

No velório, apenas dois dos dez irmãos compareceram.

Acredite em mim!

Você acredita em contos de fadas?
***O lenhador*, direção de Nicole Kassel**

Vi você crescer, cair, se machucar
Ensinei você a comer, a se trocar, a brincar
Afastei os dragões, as bruxas, o bicho papão
Mas eles só querem te afastar de mim.

Vi você florescer, se abrir, desabrochar
Ensinei você a cantar, a dançar, a se maquiar
Afugentei os fantasmas, o lobo mau, a madrasta cruel
Mas eles só querem te afastar de mim.

Vi você sorrir, chorar, cozinhar
Fui Papai Noel, o Príncipe Encantado, o Pateta
Sou chefe de família, branco, religioso
Mas eles só querem te afastar de mim.

Espiei você se trocar, se banhar, se despir
Sou o homem da casa, protetor, viril
Nunca desejei te machucar
Eu só queria me banhar com você.

Sou charmoso, galante, batalhador
Nada disso é perversão, compulsão, repetição

Não acredite neles
Eles só querem te afastar de mim

Eu não quis te amordaçar, não precisava chorar
Eu só queria beijar você.
Eu não quis te amarrar, não sei por que foi gritar
Eu só ansiava me deitar com você.

Não sei por que se rebelou
Você nunca reclamou.
Não sei porque me denunciou
Você nunca se queixou.

Mas nada se pode provar.
Não, não tenha medo de mim.
Eu nunca quis te machucar.
Eu sei, eu sei. São eles que querem te levar para bem longe de mim.

Restos de comida

Despertei no meio da noite, mas meus olhos não abriram. Deve ser o vinho de ontem. Tentei acender o abajur, os braços enrijecidos e as mãos travadas não permitiram. O suor escorria pela testa. Será que estou morrendo? Gritei para ouvir minha voz, mas nenhum ruído se fez. Quis me levantar, as pernas me seguraram. Era madrugada, eu estava sozinha.

Algo frio e úmido roçou meus pés. É uma barata!

Ontem eu deixei os restos do jantar sobre a pia da cozinha, estava tão cansada, arrumaria depois.

Outro dia vi uma baratinha circulando pela sala, devia ter acabado com ela.

Pude ouvir minha mãe me criticando: "Você sempre deixa tudo para depois". Se ela visse o estado em que meu apartamento se encontra, diria que deve ter um exército de baratas aqui dentro.

Discutimos esses dias, fui estúpida, estava engasgada. Me esforcei para me controlar, respirei fundo, contei até dez, mas não deu.

E agora? E se eu morrer aqui, presa a essa cama, será que ela me perdoará?

Bicho nojento, sinto as antenas roçando minhas pernas. Anda tão rápido que logo estará no meu peito, subirá pelo pescoço.

Se eu alcançasse o celular, ligaria para alguém. Quem viria a essa hora? Quem teria coragem de entrar nessa sujeira para me salvar? Só minha mãe mesmo. Chamaria uma ambulância, limparia tudo com perfeição, esmagaria o inseto com as próprias mãos e depois cuidaria de mim.

A barata se anima com a gordura do meu corpo. Possa vê-la me avaliando, as antenas balançando de um lado para o outro, as pernas finas empurrando a carcaça para dentro do meu nariz, penetrando nos meus poros, nos ouvidos. Quero fugir daqui, quero abraçar minha mãe.

O celular apita insistentemente. Há quanto tempo estou aqui?

Era minha mãe reclamando: É a terceira vez que eu ligo e você não atende. Que demora! Preciso que você vá ao supermercado.

A camisola encharcada de suor, sobras de sanduíche pelo chão, *A metamorfose*, de Kafka, enrolada no lençol. E minha mãe falando sem parar.

Uma certa barriga

Volto mais tarde para buscar meu filho,
agora não tenho condições de criar
Bilhete encontrado na roda dos enjeitados

Que corpo horrível, olha só essa barriga frouxa, estrias em todo lugar. Um esqueleto esgarçado.

Maternidade, um momento sublime na vida da mulher.

Quem afirmou isso nunca carregou um peso em seu ventre, um estranho que te suga, infla, se avoluma e depois simplesmente te abandona. Resta apenas uma casca ressecada, flácida e murcha.

Cinco anos e ainda não voltou ao normal, nunca vai voltar. Olha só o tamanho da minha barriga. Um balão oco.

Maternidade faz as mulheres serem melhores, traz humanidade.

Que piada é essa? É sacrifício, escravidão. E esse corpo? Não há academia, plástica, creme que dê jeito, não há nada que cure, alivie.

Outro filho? Quem pergunta não sabe o que é se submeter às vontades de um tirano, dono das suas vontades, do seu tempo. Um ser que exaure suas energias, drena seu cérebro, chupa sua alma. Com tanto cão pra ser adotado, gato, peixe, periquito, pra que mais um filho? Pra que, meu Deus? A roda dos enjeitados ainda existe?

Volto mais tarde para buscar minha filha, agora não tenho condições de criar.

Todo mundo tem que se divertir um pouco, não é? Mas isso eu não li em lugar nenhum, isso ninguém fala pra você.

No reflexo do espelho, ela vê Gabi encolhida no canto da porta. Pede que entre. A garotinha vem correndo com um desenho nas mãos.

— Não, a mamãe não está chorando. É só um cisco que entrou no meu olho, já vai passar. E esse desenho lindo, você fez pra mim? Deixa eu ver. Olha só como eu estou bonita, magrinha. Um palito!!! Vem cá me dar um abraço bem forte e mais um e mais um.

Gabi diz que quer lhe contar um segredo no ouvido.

— O quê? Você quer um irmãozinho?

A sessão

A mãe suficientemente bela e o pai insuficientemente irritado levam o filho insuficientemente esquisito ao analista suficientemente interessado.

O pai suficientemente curvado, a mãe insuficientemente perdida e o menino insuficientemente assustado, adentram à sala suficientemente agradável.

Nas poltronas suficientemente arrumadas, os pais suficientemente agoniados revelam um filho insuficientemente desesperado.

A mãe insuficientemente culpada e o pai suficientemente enrijecido acusam o filho insuficientemente planejado.

No divã suficientemente confortável, o garoto insuficientemente maltratado lança palavras grosseiras aos pais insuficientemente apavorados.

O analista suficientemente atordoado faz comentários à família insuficientemente conectada e avisa que a sessão suficientemente estranha chegou ao fim.

O espanador

Enquanto limpava as prateleiras, Maria repetia para si mesma: guerreira, valente, empoderada.

Mudava os objetos de lugar e murmurava: gratidão, ressignificação, perdão.

Largando o espanador no chão, foi até a janela, suspirou profundo e se atirou.

Quem é essa mulher?

Nasceu há dez mil anos atrás. Sem lenço e sem documento, anda à toa na vida. A ovelha negra da família quer lhe falar das coisas que aprendeu nos discos, onde tudo é divino, é maravilhoso. Hoje anda devagar porque já teve pressa e sua porção mulher é a melhor porção que traz em si agora.

Romântica, sem procurar a justa forma, ela é um poço de bondade e prefere ser essa metamorfose ambulante. Se quiser falar com Deus, pega carona nessa cauda de cometa ouvindo o mar de Itapuã.

Deixando a profundidade de lado, num apartamento perdida na cidade, tal qual a dona do bordel, ela não quer só comida, quer comida, diversão e arte. Certo ou errado até, a fé vai onde quer que ela vá.

No novo tempo, abre a cortina do passado, olha a lua mansa se derramar e só queria ter do mato um gosto de framboesa. Dona das divinas tetas, quem quiser casar com ela tem que ter bom coração.

No escurinho do cinema, o seu cavalo só falava inglês. Mas não tem revolta, não, faz de conta que ainda é cedo e só vai voltar depois das três. Amanhã, ódios aplacados, fica com a pureza da resposta das crianças, já não é única que encontrou a paz.

Barrada no baile, cantou e gargalhou como se ouvisse música. Deixa que digam, que pensem, que falem, é latino-americana e nunca se engana. Mas se um dia chegar muito estranha, cuidado garoto, ela é perigosa.

De noite ronda a cidade, que saber o que foi que aconteceu com a música popular brasileira. Seu alegre coração é triste como um camelo, é frágil que nem brinquedo, é forte como um leão, sabe que é de batalhas que se vive a vida.

Na rua, na chuva, na fazenda, imagina uma linda gaivota a voar no céu, cada um sabe a alegria e a dor que traz no coração. Eu queria te falar, te contar de qualquer jeito, teu filho vai ter nome de santo. Mas eu só posso dizer, essa dama é a Geni e todas as mulheres do mundo.

Maggie

Juliana acordou assustada no meio da noite, procurou Maggie e não a encontrou ao seu lado, onde costumava dormir. Levantou-se, foi à cozinha e não a viu. Dentro da casa de bonecas, só havia brinquedos. Nada de Maggie. De repente, olhou embaixo da mesa e falou com carinho:

— Maggie, vem com a mamãe, vamos conversar, prometo que não vou mais deixar você sozinha. Vamos brincar juntinhas. Você é a minha filha mais bonita, mamãe gosta muito mais de você!

Aguardou para ver Maggie chegar. Então cantarolava músicas de ninar, falou o nome das amigas, fez planos para brincar no parquinho no dia seguinte.

Maggie não a ouvia. Então pegou uns fantoches na caixa de brinquedos e encenou um teatrinho, mas nem assim Maggie apareceu. Numa última tentativa, foi à geladeira, pôs um pouco de leite numa xícara e falou fingindo beber:

— Hum, que delícia, tá tão gostoso! Vem tomar seu leitinho com a mamãe, vamos dormir abraçadinhas. Prometo nunca mais te colocar de castigo. Prometo!

Juliana não sabia mais o que fazer, pegou o telefone, recostou-se na poltrona e começou a chorar.

No dia seguinte, a mãe se depara com Juliana dormindo esparramada no tapete, cercada por marionetes. Na cozinha, vê a vasilha de leite sobre a mesa. Pega a boneca que estava caída atrás da poltrona, coloca-a nos braços da filha. Leva as duas para a cama.

Eu, com o sobrenome da minha avó

Eu, com o sobrenome da minha avó, na cozinha reconfortante da minha mãe, nesses tempos angustiantes, com a caneta frágil e insegura, rascunho palavras infantis.

Nesses tempos solitários, com a caneta leve e vagabunda, eu, com o sobrenome da minha avó, na cozinha arrumada da minha mãe, lanço palavras desconexas.

Com a caneta assustada e trêmula, nesses tempos mórbidos, eu, com o sobrenome da minha avó, na cozinha inspiradora da minha mãe, risco textos desconcertantes.

Na cozinha concorrida da minha mãe, nesses tempos desafiadores, com a caneta corajosa e decidida, eu, com o sobrenome da minha avó, num suspiro, peço: Mãe, quero colo!

Maria Teresa Miller Simão é psicóloga, membro filiado em Formação no Instituto de Psicanálise Durval Marcondes da SBPSP. Graduada em Psicologia e em Direito, trabalhou no Banco do Brasil e na Secretaria de Política para as Mulheres da Presidência da República. Frequentou cursos de Roteiro na Academia Internacional de Cinema e na Roteiraria Escola. Fez a pós-graduação em Escrita Criativa na Fundação Álvares Penteado (Faap). Publicou contos no jornal *Gazeta de Piracicaba*, no livro *Diálogos* (Editora Metamorfose) e na coletânea 6° Concurso Literário Conto Brasil (Editora Trevo). É autora de *Laila, minha mãe* (Carapaça Quelônio, 2020).

Nota da autora

A tradução do trecho do poema "O pássaro azul", de Charles Bukowski (p. 75), é de Pedro Gonzaga. O conto "Quem é essa mulher?" (p. 103) se constrói a partir de trechos de mais de 50 canções da MPB.

Edição e revisão Bruno Zeni
Capa e projeto gráfico Sílvia Nastari
Diagramação Rafael Marcon

Foto de capa © fcscafeine/Istock

Dados Internacionais de Catalogação na Publicação (CIP)
(Laura Emilia da Silva Siqueira CRB 8-8127)

Simão, Maria Teresa Miller.
O que os outros querem / Maria Teresa Miller Simão;
apresentação, Bruno Zeni; texto de orelha, Lu Menezes.
1ª ed. – São Paulo: Editora Quelônio, 2024.
112 p.; 14 x 20 cm.

ISBN 978-65-87790-71-8

1. Ficção: Literatura brasileira 2. Literatura brasileira: contos
I. Simão, Maria Teresa Miller II. Zeni, Bruno. III. Menezes, Lu

13-20244 CDD 869.93

Índices para catálogo sistemático:

1.Ficção: Literatura brasileira
2.Literatura brasileira: contos
869.93

Editora Quelônio

Rua Venâncio Aires, 1072
05024-030
São Paulo - SP
www.quelonio.com.br

Fontes ITC Giovanni
Impressão Nossa Impressão
Tiragem 300 exemplares
São Paulo, abril de 2024